球和守门员

A BOLA E O GOLEIRO

〔巴西〕若热·亚马多 著
Jorge Amado
〔巴西〕济科·法尔卡斯 绘
Kiko Farkas
樊星 译

人民文学出版社
PEOPLE'S LITERATURE PUBLISHING HOUSE

著作权合同登记：图字 01-2017-6221 号

图书在版编目（CIP）数据

球和守门员 /（巴西）若热・亚马多著；（巴西）济科・法尔卡斯绘；樊星译. -- 北京：人民文学出版社，2017
（若热・亚马多童话）
ISBN 978-7-02-013524-0

Ⅰ. ①球… Ⅱ. ①若… ②济… ③樊… Ⅲ. ①童话 – 巴西 – 现代 Ⅳ. ① I777.88

中国版本图书馆 CIP 数据核字 (2017) 第 270751 号

责任编辑 甘 慧 王雪纯
装帧设计 李 佳

出版发行 人民文学出版社
社　　址 北京市朝内大街 166 号
邮政编码 100705
网　　址 http://www.rw-cn.com

印　　制 上海盛通时代印刷有限公司
经　　销 全国新华书店等

字　　数 20 千字
开　　本 720 毫米 × 1000 毫米 1/16
印　　张 2.75
版　　次 2018 年 6 月北京第 1 版
印　　次 2018 年 6 月第 1 次印刷

书　　号 978-7-02-013524-0
定　　价 19.00 元

如有印装质量问题，请与本社图书销售中心调换。电话：010-65233595

球和守门员

A BOLA E O GOLEIRO

我要讲一个故事，给所有愿意倾听的人。故事的主人公是足球“破网”与守门员比洛比洛——著名的“黄油手”。这个小故事像生活一样简单疯狂，没有人能说它不好。

足球的使命就是进球。而“破网”的名字已经表明，论起进球的数量和质量，她是巴西最强的专家：角球破网、任意球破网、香蕉球破网、双腿交叉破网、倒钩破网、世界波，没有球能跟她相比。

正因为如此，每当她穿过球场，一个接一个传球，一个又一个过人，即将完成激动人心的射门时，疯狂的解说员便对着话筒欢呼喝彩，将她称为魔球、天才进球、必胜之球、地狱飞球。

足球“破网”是守门员的噩梦、前锋射手的最爱，极受观众欢迎。她天生就会穿越球门，开心地撞在网上，引发战争的吼叫与球迷胜利的欢呼。

她轻盈勇敢、无与伦比，是球中最圆的一个。尽管还很年轻，进球的数量却让她迅速成名：她有大约六百个进球，每一场都很多。A 队有许多进球，Z 队也有许多，因为在绿茵场上，“破网”保持绝对公正。

她为两个队进球，不偏袒任何一方，追求公平正义。进攻欲望越强、越想完胜对手的球队得分越多。有她在，前锋不会射失进球，不会将球踢在横梁上。但她同样非常善良，有一颗金子般的心。“破网”不会让另一支队一无所获：在裁判吹响哨子宣布比赛结束之前，她总会给对方一个安慰性的进球，

人们将“破网”誉为积分牌“1: 0”的敌人。比赛结果向人们展示了“小圆球”的得分天赋。“小圆球”，这是球王赐予她的名字。比分总是很高：5：4，7：6，6：6。如果比赛双方实力悬殊，一边是绿荫场上的冠军王者，另一边是垫底的无名小队，比分就会非常残酷：6：2，8：3，5：1。

8x3
5x4
5x
5x1
9x3
6x

“破网”达到了她精彩生涯的巅峰；人们提议将她作为下届世界杯的指定用球。顶级球队最主要的射手、全国最厉害的前锋都爱极了她，每个人都想赢得她的芳心，借以打破进球总数的世界纪录。但是这位绿荫场上的英雄没有表现出对谁有偏爱。无论在最伟大的球星球王脚下，还是在名不见经传的臭脚选手脚下，她都会向球门冲去。她对每个人都一视同仁，帮助他们得分，用进球唤起在场观众的激情，她的每一个进球都是世界波。“破网”从来不曾坠入爱河。

但是有一天，像所有生物一样，“破网”坠入了爱河，你猜她爱上了谁！她没有爱上一位射手、前场、前锋，却将她的心交给了一个守门员，一个最差的守门员。他就是“黄油手”比洛比洛，将球吸进网里的人。

在球场上，从职业生涯的一开始，守门员比洛比洛就被起了各种外号，每一个——该怎么说呢？——都很过分：丢球达人、黄油手、漏手、失球之王，还有其他更难听的名字，我就不在这儿重复了，毕竟这个故事是讲给孩子们的。

好吧：比洛比洛就这么变成了举世称赞的门神，他万无一失、力当千军，成为了最优秀的门将。

据说“破网”之所以爱上“黄油手”，是因为他身上的焦糖色球衣。当她在球门前看到他时，这支烂球队在冠军赛上还一场比赛都没有赢过，被人一次次攻破大门。“破网”一见到他就失去了理智，眼里再也容不下其他人了。

比赛开场不久，当“破网”被用力踢向球门时，便躲在了“失球之王”的怀里。在球场里，“黄油手”第一次享受到喝彩。

面对其他守门员时，“破网”继续着激动人心的进球，一个接着一个。但只要来到由“门神”把守的球门，就会呈现另一种辉煌。对方门将吞下一个又一个进球，而“门神”却以千奇百怪的方式将球没收，这样的防守前所未见。

“破网”唯一的愿望就是投入情人的怀抱。

为了遵照事实，我得说比洛比洛并没有改变。他和之前一样，依然不懂在球门前站位，不会在恰当的时间出击，眼里看不到球，总之表现得一塌糊涂。他只是将每个球都挡在了外面，绝对意义上的每一个球。

“黄油手”向一边扑球，而球却在另一边，大家已经在喊“进球！”。突然之间，在这紧要关头，大家看到了什么？看到球被“门神”稳稳抱住，她紧贴在门将的胸膛上，静静地躺在比洛比洛的怀抱里，享受着人生的幸福。这次，球迷欢呼的不是“破网”再度得分，而是“门神”的精彩扑救。

在较长一段时间内，“破网”与“拦网”（也就是之前的“黄油手”）统治了巴西球场。凭借华丽的进球与炫目的防守，他们奉献了一场场盛宴，令众人热血沸腾。他们占据了报纸头条与电视电影的屏幕，迫使解说员创造新的词汇来描述他们的功绩，每个都愈发夸张高调、不着边际。

在攻破球网、扩大比分羞辱对方之后，“小圆球”就会投入比洛比洛的怀抱，紧紧靠在他胸前。“拦网”不止一次地亲吻“破网”，每当这时，在球场里，一大群人都会意乱神迷。

就像一场奇迹，也确实是奇迹：爱的奇迹没有理由，也不需要。

SMACK

一天，报纸、广播和电视台向巴西与整个世界宣告，球王已经完成了九百九十九个进球，正在准备第一千次破门。这是一个激动人心的喜讯：在对方球门里攻入一千个进球，从来没有射手完成过这项创举。

世界各地的守门员都涌向巴西，每个人都想赢得这份荣耀，让球王的第一千个进球攻入自己的大门。推举外国著名守门员的电报传来，但巴西人理智地表示抗议：必须是一位本国门将。

olé
¡VIVA!
JA

崇高的使命落在了比洛比洛身上：面对这位无与伦比的球星，用球网迎接他的第一千个进球，因为这是冠军杯赛程的要求。球王所在球队与由比洛比洛把守大门的球队走上球场，更确切的说是冲进绿茵场——在一场如此重要的对决中，球员不能走上球场，而是冲进绿茵场。

显然，在这样一场挑战中，选中的球不会是别的，只能是著名的“破网”。众所周知，球王将她亲昵地称作：“小圆球，我亲爱的，我美丽的情人。”

直到今天，许多人依然不肯相信当天球场上发生的事。那个下午阳光普照，数千面旗帜迎风飞舞，在球场上，二十多万人在不断地叫喊、欢呼、致意。球王的球队本该得胜，却输得颜面扫地。由于“破网”故意使坏，在比赛结束前几秒钟，比分差距进一步扩大，球王所在的球队以 0：5 落后。

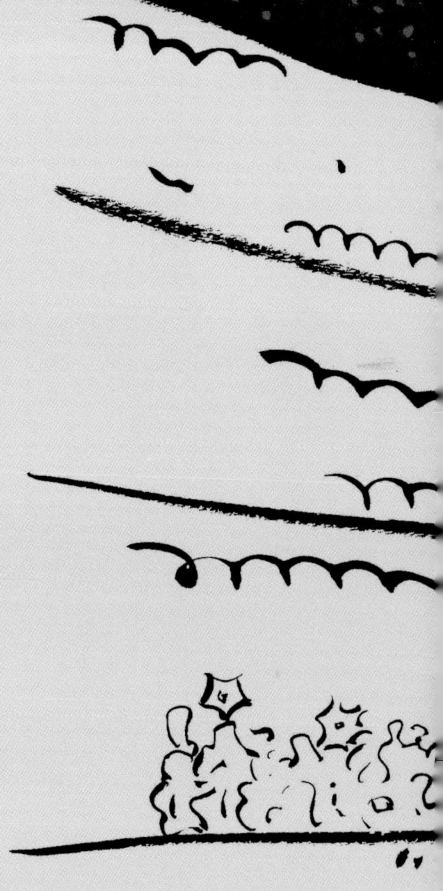

就在最后几秒钟，当观众因看不到第一千个进球而失望沮丧、开始陆续离开球场时，尽管没有人犯规，裁判却针对比洛比洛的球队判罚了一个点球。面对这极为明显的舞弊行为，观众却爆发出热情的欢呼，因为广大观众将能够看到第一千个进球，为球王庆祝。我们熟悉的“黄油手”比任何人都更期待这一刻，他已经做好准备，要让这个球进入球网，结结实实得进入球网。

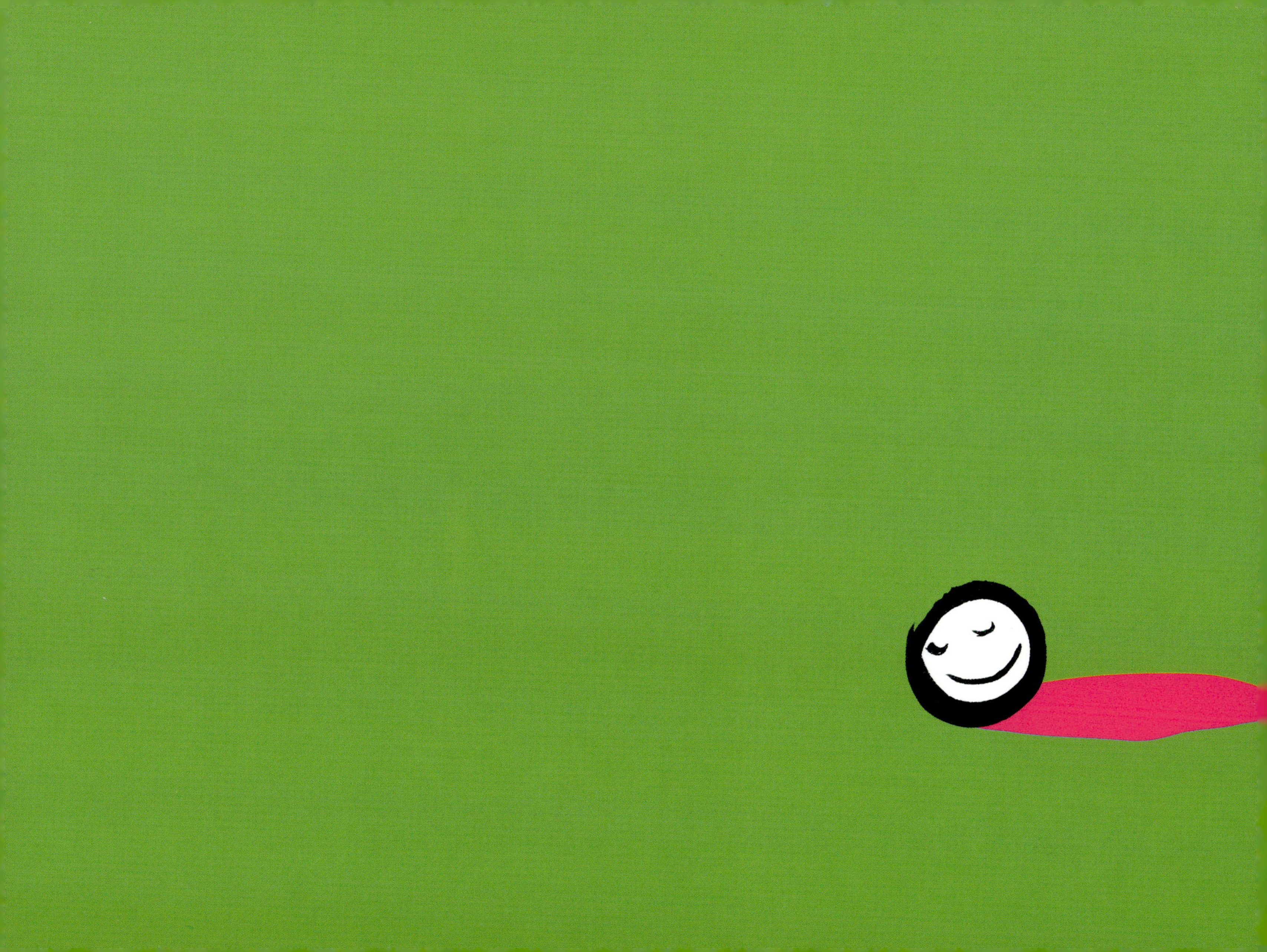

足球“破网”被放置在罚球点上，巨大的静默笼罩了整座球场。球王向后退去，以便用更大的力量完成这次势不可挡的射门，创造一次纯粹的世界波。比洛比洛身穿夺目的焦糖色球衣站在球门前面，嘴角露出满意的微笑，他已经决定放弃防守，城门洞开地迎接这个进球。他甚至没有遵照要求站在球门中央，而是靠着右侧门柱，站在球门外侧，留出整个空间让“破网”穿过。没有人抗议，每个人都明白守门员的意图：他会因这个进球而永垂不朽。

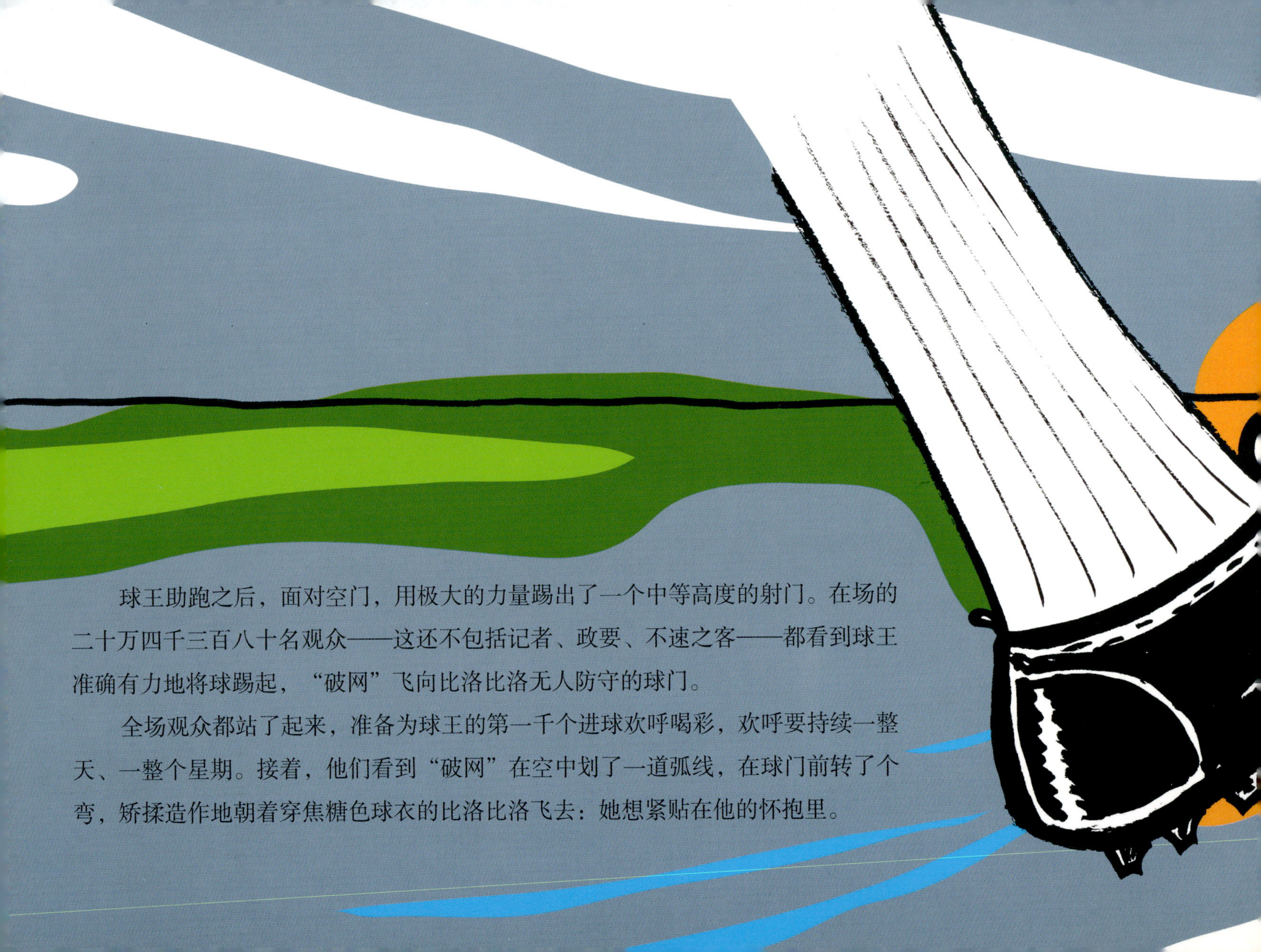

球王助跑之后，面对空门，用极大的力量踢出了一个中等高度的射门。在场的二十万四千三百八十名观众——这还不包括记者、政要、不速之客——都看到球王准确有力地将球踢起，“破网”飞向比洛比洛无人防守的球门。

全场观众都站了起来，准备为球王的第一千个进球欢呼喝彩，欢呼要持续一整天、一整个星期。接着，他们看到“破网”在空中划了一道弧线，在球门前转了个弯，矫揉造作地朝着穿焦糖色球衣的比洛比洛飞去：她想紧贴在他的怀抱里。

POU

“黄油手”赶紧变换位置，逃到球门的另一侧。“破网”像他一样，追逐着他。他们就这样僵持了几分钟。真是一段漫长的时间，他们在球门前跑来跑去，从一边到另一边，直到绝望的比洛比洛赶忙离场，将球门整个留给足球。但是“破网”仍跟在她的门将后面，一直追到对方球队的门前，她赶上了他，柔情蜜意地蜷缩在他的臂膀里。

足球“破网”与守门员“黄油手”——他既是最好的守门员，也是最差的守门员——的足球生涯就这么结束了。他们之后干什么了？哎呀，还能干什么呀！他们结婚了，从此过上幸福的生活。

1984 年 1 月于巴伊亚

像巴西所有的男孩子一样，济科·法尔卡斯很早就爱上了足球。随便一个球都是好球，随便一样东西都能变成足球，随便一个地方都适合跟兄弟朋友踢上一场。

他在瓜鲁亚公寓的走廊里，在车库的斜坡上甚至是在客厅都踢过球，还因此打碎了一个绿水晶杯。随后，父母家的院子里有了一个真正的小球场，那里的比赛持续到凌晨——没有守门员的四人比赛（或者进攻型守门员），一对一比赛，二对二带球过人。世界都是绕着足球转的。

若干年后，济科·法尔卡斯在建筑学院读书，那里有一支名叫“披杜巴”的球队。第一场比赛他迟到了，只剩下守门员的位置，但他却因此当选为正式队员，因为他扑中了所有射门。当他把点球都扑出去之后，大家将他举到肩膀上，抬出了圣克鲁斯学院的球场。

他没有能够再创辉煌，以大量失球结束了自己的足球生涯。他没有成为守门员或者建筑师，而以创作童书插画为乐，并获得了重要奖项。

与卡尔拉结婚时，济科已经有了三个儿子——汤姆、安德烈、吉列尔米——其中最小的已经十八岁。卡尔拉也有一个叫汤姆的儿子，今年八岁。他们两人生有一个女儿克拉拉，今年一岁半，已经开始踢小球了。这本书献给小汤姆和小克拉拉。

若热·亚马多是一名狂热的球迷。他并不踢球，也不从事其他体育运动：体育与舞蹈他都不擅长。他真正会的只有骑自行车。

在巴伊亚，他支持伊皮兰加队，在里约，他支持班古队。他一向忠于自己的球队。亚马多喜欢到现场或者在电视里看球，国内或国际比赛他都喜欢，更不用说世界杯这种严肃赛事。他能说出球员的名字，对点球、犯规、角球也很有见地。因此，当出版商请他写一本童书，他便创造了这则关于足球的故事。

若热·亚马多于1912年8月10日出生在伊塔布纳，是若昂·亚马多·德·法里亚与尤拉里亚·里奥的儿子。两岁那年，若热随父母一起搬到伊列乌斯，十岁时被送到萨尔瓦多的寄宿学校，并在那儿发现了书的世界。作为萨尔瓦多的一名通讯记者，他于十四岁开始进行职业写作。二十世纪三十年代，他转学到里约热内卢学习法律，并结识了一些艺术家和文人学者。1931年，他出版了第一本小说《狂欢节之国》。由于积极从事政治活动，他曾多次被捕。1945年，亚马多结识了泽利娅·加泰，两人随后结婚，共育有两个孩子，分别是若昂·若热与帕洛玛。

若热·亚马多出版图书三十余部，作品遍及五十多个国家，其中一些改编成了电影、电视、戏剧、广播剧。1976年出版童书《花斑猫与燕子西尼娅》。2001年去世时，距他89岁生日仅差几天。

若热·亚马多与画家卡里贝在萨尔瓦多的新水源球场
摄影：泽利娅·加泰·亚马多